KB265640

영원으로의 초대

영원으로의 초대

영원으로의 초대

초판 1쇄 인쇄일_2008년 3월 26일
초판 1쇄 발행일_2008년 4월 5일

지은이_양주열
펴낸이_최길주

펴낸곳_도서출판 BG북갤러리
등록일자_2003년 11월 5일(제318-2003-00130호)
주소_서울시 영등포구 여의도동 14-5 아크로폴리스 406호
전화_02)761-7005(代) | 팩스_02)761-7995
홈페이지_http://www.bookgallery.co.kr
E-mail_cgjpower@yahoo.co.kr

ⓒ 양주열, 2008

값 6,000원

* 저자와 협의에 의해 인지는 생략합니다.
* 잘못된 책은 바꾸어 드립니다.

ISBN 978-89-91177-55-0 03810

BG 북갤러리

양주열 시집

영원으로의 초대

BG 북갤러리

시집 머리에

유리에게
이 시들을
바칩니다.

2008년 3월

양주열

영원으로의 초대

차례

1부
봄바람의 사랑

봄바람의 사랑

꽃들이 만발하고 벌들이

그 주위에서 춤추네

그녀는 바람 되어 내 몸에 안기네

내 머리카락을 어루만지고,

내 옷깃을 바로 잡아주네

햇빛이 눈부신 어느 날 오후…….

비애 悲愛

그대와 함께한 밤이
영원하기를 바랐지만
봄이 되고 여름이 되며,
가을이 돼서 낙엽이 지니,
겨울이 되어 마른 나뭇가지
앙상하다.

사랑은

사랑은
날 지옥에서 천국으로
안내하였다

사랑은 다시
날 천국에서
지옥으로 안내하였다.

봄빛

봄빛은 무슨 색일까?

적색일까?

초록색일까?

핑크색일까?

그 모두 아니지

봄빛은 사랑의 색이여라.

그림자들의 애무

우리는 카페에서
커피를 마시고 있다

내 그림자는 너를 껴안는다
그녀의 그림자는 누웠다

내 그림자는 올라간다
그림자들이 애무를 한다

우리는 얼굴이 붉혀지고 있지만
그림자들은 아랑곳하지 않고
여전히 그대로였다
카페에서

변심

침실에서 장미꽃이
피어났었지

이제 침실에서
뱀들이 기어 나오는구나.

남녀평등

un이 아닌,

une이 아닌,

des

le가 아닌,

la가 아닌,

las

*un은 남성 부정관사, une은 여성 부정관사
 des는 남녀 모두 쓸 수 있는 부정관사
 le는 남성 정관사, la는 여성 정관사
 las는 남녀 모두 쓸 수 있는 정관사

그녀가 내 입술에서

그녀가 내 입술에서

되살아나

그녀가 내게

키스를 했었지

그녀가 내 팔에서

되살아나

그녀가 내게

팔짱을 꼈었지

그녀가 내 어깨에서

되살아나

그녀가 내 어깨에

기대었지.

그대로 인해

그대로 인해
지저분한 여관 골목이 아름다웠다

그대로 인해
낯선 거리가 아름다웠다

그대로 인해
모든 것이 아름다웠다

지금은 지저분한 여관 골목,
낯선 거리, 모든 것들이…….

스탈린그라드*

너의 미소는 이슬에 젖은 장미처럼

그윽하고 향기로워라

너의 손길은 따뜻한 한 모금의

커피처럼 포근하여라

너의 마음은 얼음처럼

잔인하여라.

* 스탈린그라드 – 2차대전 전쟁터 중 하나. 곧 잔인함을 뜻한다.

사랑

화사한 어느 봄날
은은히 비치는
햇빛과 꽃이
노닐고 있었네

햇빛이 감싸 안으면
아무 말 없이 감싸 안기면서
꽃은 얼굴빛이 붉어졌지
그래서 빠알간 꽃이 되었지

어느덧 꽃은 지고
햇빛은 아직도
꽃을 잊지 못해

그 자리를 감싸 안네.

2부
그날은 멈추었습니다

소중한 그대

이별이 나에게
그대의 소중함을 깨닫게 했습니다

그대가 내 곁에 있는 것을
당연하게 생각하고, 언제나 그대가
내 곁에 있는 줄 알았죠

그 어리석음을 이제 깨닫네요

그대의 소중함을 깨닫는 순간
이미 그대가 떠난 뒤였습니다.

연緣

우리의 인연이 악연이 되어

그대는 나를 원망하겠죠

사랑했던 그대와 이렇게 되다니……

그래서 그대를 그리워하는 것조차

미안하게 느껴져요

난 항상 그대 편이었어요

난 그대를 생각해서 말했는데

자꾸 어긋났어요

그대는 이해하지 못했어요

다시 말하는데

항상 난 그대 편이었어요

나도 가끔 그대를

원망할 때가 있어요

하지만 내 마음이 편하기 위한 것일 뿐

난 항상 그대에게

미안한 마음뿐이에요

애써 그대 모습 떠올리려 해도

잘 기억나지 않아요

꿈에서조차 그대는 오지 않아요

영원히 나를 떠나간 느낌이 들어요

그대를 사랑했지만

사랑한다고 말하지 못했어요

그런 내 마음을 숨긴 채

이성적으로 행동했었죠

이제 그대에게 말하네요

사랑한다고

그리고 우리는 악연이 아니라

가장 소중한 인연이었다는 것을

나로 인한 시간

그녀는 거울을 보고 있었다

그녀는 화장을 했었다

그녀는 '뭘 입을까?' 하며

고민하고 있었다

그녀는 걸어오고 있었다

그녀는 말을 했었다

그녀는 화를 냈었다

그녀는 눈물을 흘렸었다

그녀는 떠났었다.

이별

그대의 눈물은 무엇을 의미하나요?

내게서 떠난다는 것을 의미하나요?

그럼 떠나요

내 마음 눈물로 가득 찼지만……

영원히 함께하자던

말들은 무엇인가요?

입 맞추던 것은 무엇인가요?

이렇게 떠나갈 거면…….

55사이즈

네게 선물하려고 봤었던

55사이즈……

네게 선물을 하기도 전에

헤어지게 되었지.

마지막 너의 모습

언젠가 슬픈 미소로 날 바라보던 그날
그날이 마지막이 되었지
넌 이미 알고 있었지
마지막이라는 것을

전날 밤에 너는 내게 안기더니
갑자기 돌아섰지
너의 미소는 이별을
말하고 있었지

나는 그것도 모른 채
이별을 당했지
나는 아무것도 모른 채

혼자가 되었지.

그날은 멈추었습니다

그날은 멈추었습니다
그리고 내가 있습니다

그대만 움직입니다

그날은 멈추었습니다
그리고 내가 있습니다

그대만 변했다고 생각합니다

그날은 멈추었습니다
그리고 내가 있습니다

그대만 가버렸습니다.

휴일

너를 만났을 때에는
하루하루가 휴일같이
느껴졌지

마음이 들뜨며
설레었지
길을 걷다가 미소 짓게 되고……

너와 헤어지고 나서는
하루하루가 악몽같이
느껴져

숨이 막힐 것 같고

답답해

미소 짓는 게 되지가 않아.

가을 이미지

벤치 위에 쌓인 낙엽

바이올린 켜는 사람

어느 한적한 카페

정장

우수에 찬 눈

이별

꿈속에서조차도

나는 너에게 매달리지만

너는 내게 단 한번의 눈길도

주지 않고 떠났지

꿈속에서조차도

3부
포비아

봄의 승리

겨울은 봄에게 패해서
후퇴하고 있어라

봄은 승승장구하여
온 천지를 다스리네

꽃을 피우게 하고
새싹들을 돋아나게 하네

전쟁에서 패한
겨울은 후퇴하여
그림자조차 보이지 않는구나.

바이올렛

그토록 아름답던 바이올렛이
시들어버렸네

언제인가 이슬을 머금고
바람에 살랑살랑 흔들릴 때가
어제 같은데
벌써 너 시들어 버렸구나

꽃잎들이 다 흩어지고
이제 흔적조차 없이 사라져버렸네

햇빛과 노닐던 너를 다시는
볼 수 없는 것인가?

그토록 아름답던 너를…….

시들어버린 꽃을

나는 사랑한다
시들어버린 꽃을

사람들은 시들지 않은
꽃을 사랑한다

그것은 사랑하는 것이
아니다, 욕망이다

마지막까지 변하지 않는
마음이 사랑인 것이다

나는 사랑한다

시들어버린 꽃을

시간

벌은 장미를 사랑하여

장미 주위를 맴돈다

장미는 눈길 한 번

주지 않는다

햇빛은 장미를 사랑하여

장미를 감싸 안는다

장미는 감싸 안기기만 하며

당연하게 생각한다

시간은 장미를 사랑하여

장미를 시들게 하였다

장미는 아무 말 없이

사라져버렸다.

햇빛으로부터의 초대

햇빛으로부터
그대를 초대합니다

푸르른 녹음으로부터
그대를 초대합니다

바람으로부터
그대를 초대합니다

상쾌한 기분으로부터,
약간 슬픈 기분으로부터
그대를 초대합니다.

전철 안에서

짐승들로 가득 찼다

역겨운 냄새가 코를 찌른다

그때 한 소경이 지나간다

짐승들이 눈을 감는다

전철 창밖에서 석양이

들어온다.

* 사람들은 살아가면서 순수한 자아를 잃어간다.
  뒤틀린 자아의 모습을 짐승으로 표현했으며,
  석양은 인간적인 따뜻함을 의미 한다.

낙엽

레오폴드 가街처럼
낙엽이 떨어진다

낙엽은 보헤미안인가?
어디론가 떨어졌다
다시 흩어진다

낙엽은 무희인가?
공중회전 하며,
멋진 포즈를 취하고는
내려앉는다

레오폴드 가街처럼

낙엽이 떨어진다.

포비아*

감각을 파괴하였다
온전한 감각을

현미경으로 본 세균 덩어리들
그래 모든 것은 세균 덩어리들

나는 포비아에 걸린 환자
물은 흐르지 않고 솟아오른다

꽃은 시들어 썩어간다
시간을 역행한다

사람들은 괴물들

나도 상대적 가치로써 괴물

나는 찾았다
온전한 감각은 音節 중 音素일 뿐
파괴된 감각도 音節 중 音素일 뿐

* 포비아 – 공포증

추상 _{追想}

창가에 석양이 희미하게
빛을 발하고 있다

시간이 흘러감에 따라
점점 빛을 잃어간다

이제 빛은 사라져
어둠이 찾아온다.

입추

벌써 입추……

시간은 더디게 가는 것 같지만

시냇물처럼 졸졸 흐르는 법

가는 시간 아쉬워 말자

오는 시간 기다리지 말자

하루하루 충실하다보면

추억이 되는 법

그래서 무르익은 가을날

낙엽을 밟으며 오솔길을 걸어가자.

추억

먼지를 청소하고 있다

며칠이 지나면

다시 먼지가 끼는 것을 알면서

청소할 땐 다시는

먼지가 낄 것 같지 않지만

순간일 뿐이다

먼지를 청소하고 있다

며칠이 지나면

다시 먼지가 끼는 것을 알면서

태양이 나를

태양이 나를 따뜻하게 합니다

자연이 나를 상쾌하게 합니다

바람이 나를 시원하게 합니다

나를 위해 그것들이 존재하지

않겠지만

나는 그런 사람이 되고 싶습니다

정말 그런 사람이 되고 싶습니다.

눈

눈이 온다
하염없이 와서
집 지붕과 마을을 온통
하얗게 덮어 버린다

난 생각했다
내 더러운 마음에도
저 흰 눈이 덮어 주기를

가면의 무도회

왈츠 음악에 맞춰
검정 그림자들이 현란하게
흔들리인리인다

그림자들은 서로 껴안기도 하고
몸을 붙잡기도 한다
갑자기 가면들이 벗겨졌다

그림자들이 언제 그랬냐는 듯이
흩어지인지인다
무도회는 막을 내렸다.

그리움 속에서

봄날이 저물어
꽃잎들이 떨어지고 있다

아름답던, 따뜻했던 봄날이 그리운지
마지막 진한 향기를 남기며
힘없이 떨어진다

보기조차 아까운 꽃들이
땅에 떨어져버렸다.

감각

초현실주의 화畵

우리의 사랑은
초현실주의 화가의 한 작품
시간이 현실을 비현실로
만들었다

이제 우리는
감상해야 한다
비현실을
현실이었던 비현실을

그리고 추억해야 한다
아니면 잊어야 한다
비현실을

무왕무국 無王無國

사람들이 자기를 지배할 사람을 뽑는 이 아
이러니컬한 사상은 냉소를 머금게 만든다.
가장 극단적인 예를 들겠다. 사람들이 뽑
은 자와 그 자를 뽑은 사람들과 충돌이 일
어난다.
뽑힌 자는 군대를 명령할 수 있는 막강한 힘
이 있다. 뽑은 자들은 총 한 자루도 없
다…….
이 사상은 부조리인 것이다.
이 사상은 위계질서를 깨트릴 위험까지 있
다. 예를 들겠다.
전쟁을 하고 있다. 아군은 수가 적고 적들은
수가 많다. 그래서 전쟁에서 패할 것 같다고

말하는 자들 때문에 병사들은 시도도 하지
않고 움찔거리다가 퇴각한다.

장군이 명령했는데 전쟁에서 패할 것 같다
고 말하는 자들 때문에 시도도 하지 않고
움찔거리다가 퇴각하면 전쟁에서 패하는
것이다.

시도도 하지 않고 전쟁에서 패하는 것이다.

진정한 민주주의는 직접민주제일 것이다.

이것은 전쟁에서 패할 것 같다고 말하는
자들 때문에 시도도 하지 않고 움찔거리다
가 퇴각하는 병사들이 장군 역할을 하는
것이다.

그렇다고 내가 사회주의자라고 생각하지

마라. 사회주의 또한 부조리인 것이다. 마르크스, 엥겔스의 공산당 선언 이전에는 부르주아들에게서 권력을 잡았고, 그 이후에는 프롤레타리아에게서 권력을 잡았다. 러시아에서는 전통이라는 것이 추가돼 권력을 잡았다.

이런 식으로 권력을 잡아가는 것이다. 아나키즘은 어떤가? 이것 또한 부조리인 것이다. 정부를 부정하는 것인데, 정부를 대신하는 기구를 만들고 군대를 대신하는 기구를 만들면 정부 같은 기구가 다시 생기는 것이다. 정부를 부정하는데 다시 정부 같은 것이 생기는 것이다.

내가 말하고 싶은 것은 정치를 비판하려는 것이 아니다. 정치라는 시지프스 같은 운명을 말하고 싶은 것뿐이다. 내가 정치를 하면 나는 그들보다 더한 왕 같은 권력을 행사하고 싶다. 나 또한 부조리인 것이다.

* 현대사회는 자본, 대중매체 등으로 권력을 분산시켜 위계질서를 깨트린다.

4부
영원으로의 초대

잊을 수 없는 일

너를 잊어야 하는 것을 알지만,

이미 지나간 일이라는 것을 알지만,

어떻게 너를 잊겠어

우리의 시간은 연기처럼 사라졌지만,

모래의 흔적을 물이 덮어버렸지만,

어떻게 너를 잊겠어

너는 내 생각조차 안하겠지만,

다른 남자와 있겠지만,

어떻게 너를 잊겠어.

너의 노래

너는 떠났지만
너의 노래는 남았어

그래서 가끔 네가 불렀던
노래를 불러

노래는 되지 않고
목이 메여

너는 떠났지만
너의 노래는 남았어

언젠가 내게 들려주던

노래는 남았어.

그녀는 왜 떠났을까?

좋아했던, 아니 사랑했던

그녀는 왜 떠났을까?

내가 싫었던 것이라면

그녀는 왜 눈물을 흘렸을까?

그녀는 왜 슬픈 미소를 보였을까?

사랑은 왜 이렇게 아픈 걸까?

좋아했던, 아니 사랑했던

그녀를 왜 볼 수 없는 걸까?

지금은 그녀가 그립지도,

원망스럽지도 않고, 사랑하는 마음도

식었지만 왜 괜히 슬퍼질까?

아직도 그녀를 잊지 못하는 걸까?

기억해 주세요

기억해 주세요
그대가 나를 잊는다면
우리가 함께했던 시간이
무의미해집니다

그대와 만나서 이야기하며
함께 걸었던 일들이
모두 무의미해집니다
그러니 단 1초라도
날 기억해 주세요
그리고 우리 사랑을

꿈속에서 본 그대 모습

침대에 누워 그녀는 아파하고 있었다
그녀 주위엔 아무도 없었다

내가 그녀에게 약을 들고 가려했는데
꿈에서 깨어났다

잠을 깨서도
하루 종일 마음이 아팠다.

재회

다시 널 만나면

반말을 해야 할까?

존댓말을 해야 할까?

어떤 말을 해야 할까?

미소를 보여야 할까?

다시 널 만나면…….

그리움 1

그리움이 깨어나기 시작해

나비의 날개를 하고는

내 마음을 이리저리

날아다녀

순간 슬픔의 영원永遠이 시작돼

수면제로 잠들게 해야지.

낮이 밤이 되듯이

낮이 밤이 되듯이
그대를 그리워합니다

그렇게 그대를 그리워하는
것은 순리입니다

그러니 그대를 그리워하는
이유를 묻지 마세요

낮이 밤이 되듯이
그대를 그리워하니까요.

그리움 2

그대의 닫힌 창문을 두들기는
빗소리를 들어라!

그대에게 가지 못하여
서성이는 내 마음이어라.

사랑의 계절

사랑의 계절이
왔습니다

그녀는 없지만
청명한 하늘에
그녀의 이름을 써봅니다
눈물이 핑 돕니다

그녀는 없지만
난 사랑하고 있습니다

사랑하는 사람이
곁에 없어도

난 그녀를 사랑하고
있습니다

사랑의 계절이
왔기 때문입니다.

영원*으로의 초대

시간이 흐르지 않고

영원永遠이 흐릅니다

여기에 그대를 초대합니다

시간이 흐르는 곳에선

그대를 마음껏 사랑하지 못했습니다

그대에 대한 진심어린 마음이

식상해버릴 것 같아서,

시간이 훼방을 놓기 때문에……

이곳은 그것뿐만이 아닙니다

사람들을 늙게 하고,
꽃들을 시들게 합니다

그래서 시간이 흐르지 않고
영원이 흐르는 곳에 그대를
초대합니다

시간이 흘렀다고,
내가 변했다고 생각하지 마세요

그대가 나를 처음 봤을 때
그 모습으로 그대를 기다립니다
그러니 어서 오세요

애타게 기다립니다.

*영원(永遠)은 멀리 있지 않다. 마음에 있기 때문이다.

노을을 보며

노을을 보니
눈물이 날 것 같아

그녀의 모습을 어찌 저리도
닮았을까?

그리움이 그리움으로

그리움이 그리움으로
끝나지 않기를,
그리움이 그리움으로
끝나지 않는다

먼 훗날
그녀는 나를 바라보며 서 있다
나는 그녀에게 다가간다.
서로 미소를 머금으면서…….

그녀의 선물

그리움은 그녀의 선물
소중한 선물일수록 아끼는 법
난 그녀가 너무 보고 싶을 때
그리워해
그리움은 그녀가 남기고 간
선물이기에,
내게 가장 소중한 선물이기에

뻬르라셰즈*

너와 걷던 거리를 걷고 있어

예전처럼 사람들로 붐비며

음악이 흘러

이제 내겐 뻬르라셰즈처럼

느껴져.

*뻬르라셰즈 – 프랑스의 유명한 공동묘지

카페에서

너를 처음 만났던

카페에 갔었어

네가 그 카페에 앉아

있는 것 같아

네가 웃으며 내게

장난을 쳤었지

이제는 기억 속에서,

아니면 꿈속에서 그럴 뿐이야.

기억

너를 처음 만났을 때
맞은편 횡단보도에서
나를 바라보며 서 있던 너

그렇게 알게 된 우리는
함께 걸으며 이야기를 했었지

가장 기억에 남는 말은
내가 "오랫동안 만나고 싶다" 하자,
"그러면 나는 좋죠"라고
말하던 너

이제 너는 없고

너의 목소리가 희미하게 내 귓가에서
맴돌아.

거리에서

우연히 그대와 함께 걸었던
거리를 걸었습니다
순간 잊고 있었던 그대가
한 송이 꽃이
피어오르듯이,
피어오르기 시작했습니다
그 거리에서

내 마음을 아는지

네게 전화를 걸어

너의 목소리만 듣고

끊는 내 마음을 아는지

네게 전화를 걸었지만

끊긴 전화라는 것을

알게 된 내 마음을 아는지.

오늘 하루도

당신이 없는
오늘 하루도 너무나 힘들어

하지만 당신의 소중함을
깨닫는 순간이기에 견딜 수 있어

때로는 죽고 싶다는
생각이 들기도 해

당신이 없는
오늘 하루도 너무나 힘들어.

봄비

봄비가 내린다
왜 내 마음에는
봄비가 내리지 않는가?

황량하고 메마른
사막처럼
왜 봄비가 내리지 않는가?

그녀가 없기에
내 마음을 적셔줄
그녀가 없기에

환상

별빛이 반짝이고
창가의 커튼이 조용한 바람에
작은 파장을 일으킨다

우리는 테이블에 앉아있다
너무 오랜만에 만나서
꿈같다

나는 눈물로 목걸이를 만들어
그녀 목에 걸어 주고 나서
함께 왈츠를 추었다

나는 천국에 온 기분이었다

나는 너와 함께 있는 것이다

왈츠는 끝났다

정적이 흐른다

비니압스키*의 추상追想이
흐른다

나는 혼자 있었다.

*비니압스키 – 클래식 음악가

꽃 화분을 보다가

흰나비가 날개를
팔랑팔랑 거린다

꽃들 주위를 맴돌며
혼자서도 신나게 잘 논다

나는 왜 그러지 못할까?

길일 吉日

깍, 깍
까치냐

아무 때나
지저귀면 어떡하니

님 오신 줄 알고
문 열었다가
한숨만 쉬지 않니.

기다림

너를 기다리고 있어

언제든지 돌아와

시간이 흘러

너의 모습 변했어도

난 너를 단번에 알 수 있어

처음 너의 모습을

내가 사랑했던 그 모습을

지난 여름날

언젠가
햇볕이 내리쬐던 날

공원에서
너는 나를 기다리고 있었지

나는 행복한 마음으로
네게 걸어갔었어

지금도 그곳을 걸어가면
네가 나를 기다리고 있을 것 같아.